COLLECTION FOLIO

L'art du baiser

Les plus beaux baisers de la littérature

Gallimard

Vivons, Lesbie, aimons-nous, et tous les murmures
De ces tristes vieillards, comptons-les pour un sou !
Les soleils peuvent bien se lever, se coucher :
Nous, il nous faut dormir une nuit éternelle.
Donne mille baisers, donne-m'en cent encore,
Mille autres, à nouveau, encore une centaine,
Et encore une fois mille autres, et puis cent.
Puis quand nous aurons tant de milliers de baisers,
Nous les mélangerons pour embrouiller le compte,
Afin qu'aucun méchant ne puisse être jaloux
En sachant que nous échangeons tant de baisers.

CATULLE,
« Embrassons-nous ! », *Poésies*, 5.

QUELQUES CONSEILS
ET REMARQUES
AVANT DE SE LANCER

PHILIPPE SOLLERS

Une vie divine *

Pour en revenir aux histoires amoureuses, érotiques, etc., la question est finalement de savoir si ça embrasse *pour de vrai* ou pas. On n'arrive pas comme ça aux « baisers comme des cascades, orageux et secrets, fourmillants et profonds ». Au commencement sont les bouches, les langues, les appétits, le goût, les salivations discrètes. Il est révélateur que la lourde et laide industrie porno insiste sur les organes pour détourner l'attention de la vraie passion intérieure, celle qui se manifeste d'une bouche à l'autre. Manger et boire l'autre, être cannibale avec lui, respirer son souffle, son « âme », parler la langue qui parle enfin toutes les langues, trouver son chemin grâce au don des langues, c'est là que se situe la chose, le reste s'ensuit. La mécanique organique peut produire ses effets, elle n'est pas dans le coup oral et respiratoire. Les prostituées n'embrassent pas, et leur cul, de même, reste interdit, réservé au mac. Une petite salope, d'aujourd'hui, en revanche, peut branler, faire la pipe à fond, et même se laisser enculer, mais n'embrasse

* Extrait d'*Une vie divine* (Folio n° 4533).

pas, ou pas vraiment, et ça se sent tout de suite. Embrasser vraiment, au souffle, prouve le vrai désir, tout le reste est blabla.

Dire que qui trop embrasse mal étreint est un préjugé populaire. Une femme qui embrasse à fond un homme (ou une autre femme) s'embrasse elle-même et se situe d'emblée dans un hors-la-loi aristocratique. Rien n'est plus sérieux, vicieux, délicieux, incestueux, scandaleux. Il faut mêler la parole à cet élan, ceux qui ne parlent pas en baisant s'illusionnent, quels que soient les prestations machiniques et le vocabulaire obscène. Un baiser orageux et soudain avec une femme par ailleurs *insoupçonnable* vaut mille fois mieux qu'un bourrage vaginal primaire ou une fellation programmée. On s'embrasse encore sans préservatifs buccaux, n'est-ce pas, c'est possible.

Possible, mais, logiquement, en voie de disparition. C'est trop généreux, trop gratuit, trop enfantin, trop intime. Le baiser-cascade est en même temps un hommage hyperverbal : on embrasse le langage de l'autre, c'est-à-dire ce qui enveloppe son corps. Mais oui, c'est une eucharistie, une communion, une hostie, une pénétration sans traces, ce qu'a bien compris le fondateur du banquet crucial. Le narrateur enchanté de la *Recherche du temps perdu* note, lui, dès le départ, que le baiser tant attendu de sa mère, le soir, est comme une « hostie », une « communion », une « présence réelle » qui vont lui donner la paix du sommeil. Mme Proust est-elle allée peu à peu jusqu'à glisser légèrement en tout bien tout honneur, sa langue entre les lèvres de son petit communiant ? « Prenez, mangez, buvez. » Il est amusant que les Anglo-Saxons, si puritains, aient inventé l'expression « French kiss » pour désigner le baiser à langue. Frisson du fruit défendu, rejet.

La réticence à embrasser dit tout, et révèle la fausse monnaie. Le moindre recul, la moindre hésitation, le plus petit détournement de tête, la plus légère répulsion ou volonté d'abréviation ou d'interruption (pour passer à l'acte sexuel proprement dit, c'est-à-dire, en fait, *s'éloigner*) sont des signaux dont l'explorateur avisé tient compte. Il sait aussitôt s'il est réellement admis ou pas. « Ceci est mon corps, ceci est mon sang », l'au-delà de la mort parle. Bite, couilles, foutre, clitoris, vagin, cul, tout le cirque vient *en plus*, jamais le contraire. Une femme qui ne vous embrasse pas vraiment ne vous aime pas, et ce n'est pas grave. Elle peut poser sa bouche sur la vôtre, vous embrasser à la russe ou à l'amicale, aller même jusqu'au patin appuyé cinéma, mais la présence réelle, justement, ne sera pas là. Une expression apparemment innocente comme « bisous », de plus en plus employée, en dit long sur la désertification sensuelle. Plus de pain, plus de brioche, plus de vin, et surtout plus de *mots* : c'est pareil.

« Ai-je embrassé M.N. sur le Monte Sacro ? » répétait sans cesse l'impayable Lou avant d'impressionner pour cette raison Rilke et Freud (parmi d'autres). M.N., gentleman, n'a rien dit, mais rêvait pour finir de petites Françaises anti-walkyries et, pourquoi pas, d'Espagnoles à la Carmen, les meilleures. Et pourquoi pas aussi, dans le même esprit, des Brésiliennes, des Mexicaines, des Colombiennes, des Vénézuéliennes, des Honduriennes, des Équatoriennes, des Chiliennes, bref, des catholiques, rompues, dès leur enfance, aux troubles de la communion ? La véritable initiation sélective est là, elle opère en douce. Une femme bien branlée rit. Une femme bien embrassée rajeunit. N'est-ce pas, Ludi ? N'est-ce pas, Nelly ?

RAYMOND QUENEAU

Les fleurs bleues *

À la terrasse du café, des couples pratiquaient le bouche à bouche, et la salive dégoulinait le long de leurs mentons amoureux ; parmi les plus acharnés à faire la ventouse se trouvaient Lamélie et un ératépiste, Lamélie surtout, car l'ératépiste n'oubliait pas de regarder sa montre de temps à autre vu ses occupations professionnelles. Lamélie fermait les yeux et se consacrait religieusement à la languistique.

Vint la minute de séparation ; l'ératépiste commença lentement les travaux de décollement et, lorsqu'il fut parvenu à ses fins, cela fit flop. Il s'essuya du revers de la main et dit :

— Faut que je me tire.

Et il répandit un peu de bière sur ses muqueuses asséchées.

Hagarde, Lamélie le regarde.

Il tire des francs de sa poche et tape avec sur la table. Il dit d'une voix assez haute :

— Garçon.

Lamélie, hagarde, le regarde.

Le garçon s'approche pour encaisser. À ce mo-

* Extrait de *Les fleurs bleues* (Folio n° 1000).

ment, Lamélie se jette sur son ératépiste et repique au truc. L'autre se voit obligé de s'exprimer par signes, faciles d'ailleurs à comprendre. Le garçon ramasse la monnaie. Le spectacle ne l'excite pas du tout. Il s'éloigne.

L'ératépiste entreprend un nouveau décollement. Il y parvient en douceur et cela fait de nouveau flop. Il s'essuie les lèvres du revers de la main et dit :

— Cette fois-ci, il faut que je me tire.

Il assèche son demi et se lève prestement.

Lamélie le regarde, hagarde. Elle suit le mouvement et dit :

— Moi, je ne suis pas pressée, je vais faire un parcours avec toi.

— Tu sais, asteure y a de la circulation, on prend toujours du retard, j'aurai pas de temps pour bavarder avec toi.

— Je te verrai tourner ta petite manivelle sur ton ventre, j'entendrai ta voix quand t'annonceras les sections, je serai heureuse comme ça.

— T'es pas sûre de monter. Va y avoir du monde.

Il y en avait. Deux cent dix-sept personnes poireautaient, formant une queue constituée conformément aux instructions officielles. Lamélie attendit, les gens montèrent, l'autobus s'emplit et elle était encore bien loin dans le flot des postulants lorsque son jules fit, élégant, d'un geste, basculer la pancarte complet et tira sur sa petite sonnette. Tout cela démarra. L'ératépiste fit un geste de la main qui s'adressait peut-être à quelqu'un perdu dans la file d'attente qui ne cessait de s'allonger. Lamélie fit demi-tour et voulut fendre le flot de la foule en file. Comme elle essayait de remonter le courant, on lui disait :

— Alors, cocotte, on sait pas ce qu'on veut ?

— Encore une qui croit qu'on n'a pas assez d'emmerdements comme ça.

— Les bonnes femmes qui changent d'avis, c'est un monde.

— Ça fait la queue à l'envers et ça s'étonne qu'on soit pas content.

Une dame gueula :

— Vous n'avez pas fini de pousser ? Vous n'avez pas vu mon ventre ?

— Si vous êtes enceinte, répliqua Lamélie hargneusement, faut vous mettre avec les priorités.

Un citoyen qui n'avait rien compris à ce dialogue explosa.

— Place ! qu'il gueula, place ! une femme enceinte se trouve mal !

— Place ! nom de Dieu, vous avez pas compris ? Une femme enceinte !

— Faites place ! Respect aux femmes enceintes et gloire à la maternité !

— Place ! Place !

— Faites place !

Lamélie se trouva rejetée hors du flot des attentistes, comme une touffe de varech sur une plage normande. Elle s'éloigna. Elle repassa devant le café ; des couples, à la terrasse, y faisaient toujours la ventouse. Toute mélancolo, Lamélie rejoignit le quai.

PHILIPPE DELERM

Les amoureux de l'Hôtel de Ville *

Le Baiser de l'Hôtel de Ville. Je n'aimais pas cette photo. Tout ce noir et ce blanc, ce gris flou, c'était juste les couleurs que je ne voulais pas pour la mémoire. L'amour happé au vol sur un trottoir, la jeunesse insolente sur fond de grisaille parisienne bien sûr... Mais il y avait la cigarette que le garçon tenait dans sa main gauche. Il ne l'avait pas jetée au moment du baiser. Elle semblait presque consumée pourtant. On sentait qu'il avait le temps, que c'était lui qui commandait. Il voulait tout, embrasser et fumer, provoquer et séduire. La façon dont son écharpe épousait l'échancrure de sa chemise trahissait le contentement de soi, la désinvolture ostentatoire. Il était jeune. Il avait surtout cette façon d'être jeune que je n'enviais pas, mais qui me faisait mal, pourquoi ? La position de la fille était émouvante : son abandon à peine raidi, l'hésitation de son bras droit surtout, de sa main le long du corps. On pouvait la sentir à la fois tranquille et bouleversée, offerte et presque réticente. C'était elle qui créait le mystère de cet arrêt sur image. Lui, c'était comme

* Extrait de *Les amoureux de l'Hôtel de Ville* (Folio n° 3976).

s'il bougeait encore. Mais elle, on ne la connaissait pas. Il y avait son cou fragile, à découvert, et ses paupières closes — moins de plaisir que de consentement, moins de volupté que d'acquiescement... au bonheur, sans doute. Mais déjà le désir avait dans sa nuque renversée la crispation du destin ; déjà l'ombre penchée sur son visage recelait une menace. Je trichais, évidemment ; je mentais, puisque je les connaissais. Enfin, je croyais les connaître.

L'homme au béret, la femme aux sourcils froncés donnaient à la scène une tension qui en faisait aussi le prix. Et puis il y avait Paris, une table, une chaise de café, l'Hôtel de Ville, la calandre d'une automobile. Dans la rumeur imaginée, le gris brumeux, il y avait la France aussi, toute une époque. Trop. C'était beaucoup trop facile, la photo de Doisneau, beaucoup trop à tout le monde. On la trouvait partout. *Le Baiser de l'Hôtel de Ville*. 1950. Comme on eût dit *L'Embarquement pour Cythère* ou *Le Déjeuner sur l'herbe*.

Sur le tourniquet des présentoirs, Boubat, Cartier-Bresson, Ronis, Lartigue, Ilse Bing, Sabine Weiss connaissaient un étrange succès. Était-ce leur seul regard, ou leur époque, qui triomphait ? Le Solex, le petit-beurre, la 4 CV apparaissaient comme le dernier Art nouveau. Tout le monde prêtait un sourire amusé à cette France d'après-guerre qui avait du talent sans le savoir.

Quelle idée avait-il eue de prétendre que c'étaient eux les amoureux ? Y avait-il cru un instant, ou fait semblant d'y croire ? J'en doutais. Il m'avait beaucoup appris le doute, et j'avais douté de tout, à travers lui. La photo de Doisneau prétendait au réel, et c'était un mensonge. Quelqu'un m'avait dit un jour :

« On a retrouvé les amoureux du *Baiser de l'Hôtel de Ville*. Je croyais que c'étaient tes parents ? » J'avais haussé les épaules, un peu décontenancé, sans plus. Les derniers temps, je n'accréditais plus la légende que du bout des lèvres. D'ailleurs, ma mère ne s'était jamais reconnue. Elle parlait de la gourmette, des boutons du cardigan, qui ne pouvaient être les siens. Mais lui entrait alors dans une sourde colère — être l'amoureux de l'Hôtel de Ville semblait si important à ses yeux — et, lasse, elle concédait des « Peut-être, après tout... Tu as sûrement raison... ».

Tous deux étaient parfaitement plausibles. Lui, avec cette allure élancée que mes cinq ans connaîtraient encore, sa coiffure si savamment folle, son sourire ironique — sur la photo, on ne voyait pas sa bouche, mais on sentait bien qu'elle pouvait blesser. Lui, avec cette aisance féline qui me pétrifiait à l'avance, me faisait le corps gourd, par un mélange d'admiration et de secrète opposition. Elle surtout, si reconnaissable dans l'infime retenue de son abandon, l'art de baisser les paupières sur ce regard gris dont la lumière au fil des ans se ferait d'abord un peu moins vive, puis glisserait vers la mélancolie.

Il aurait fallu que je regarde *Le Baiser de l'Hôtel de Ville* comme une photo de Doisneau. Je n'y parvenais pas. Certains mensonges sont plus forts que le réel. D'une certaine façon, ces deux amoureux étaient encore plus vrais de n'être pas ceux que j'avais cru y voir. De cette supercherie naïve à mes regards d'enfant, il y avait moins d'écart que d'eux-mêmes à ce qu'ils deviendraient.

Toutes les photos des années cinquante m'étaient devenues, à des degrés divers, des photos de famille. J'aurais voulu faire comme Léautaud, qui s'emparait du *Neveu de Rameau* chaque fois qu'il en découvrait un exemplaire chez un bouquiniste — de peur qu'il ne tombe « en de mauvaises mains ».

J'avais dû y renoncer. Doisneau était sur tous les présentoirs, dans toutes les vitrines. Les albums noir et blanc avaient même pénétré dans la très classique librairie Minard où je travaillais. Il n'y avait rien à faire contre cette implacable organisation de la nostalgie. Et sans trop me l'avouer, j'aimais bien que mon enfance soit devenue un classique, qu'on puisse l'exposer, la vendre, que le commerce lui sourie. Tout ce dont les gens ne se soucient guère quand ils vivent, le fuyant des jours, semblait cristallisé sur ces photos. Paris des palissades, des pavés, des écoliers en sarrau, des grands espaces de Ménilmontant, des boîtes à lait, des bals du 14-Juillet.

La nostalgie seule ne faisait pas le vrai de ces clichés. Je me disais parfois que le charme était davantage dans l'équilibre fragile de la distance — assez loin pour me dissuader de l'idée de la reconquête, assez proches pour contenir une part de moi, ces photos étaient à juste portée.

Voir une photo de Doisneau en passant, et la mémoire faisait semblant de s'éveiller, mais demeurait dans les eaux calmes de sa bonne conscience : une touche de regret qui se serait bien gardée de déraper vers le remords, une ombre de mélancolie qui donnait un charme de plus au présent. Mais regarder longtemps une photo de Doisneau, c'était très dur. Une histoire qui me concernait, et dont je savais que la fin serait triste — à peu près la tragédie comme on me l'avait définie en classe.

Le noir et blanc, cette rigueur qui sonnait juste, mettait les destins en relief. Le noir et blanc sur le mobilier sombre, les trottoirs ; tout le monde était presque pauvre, en ce temps-là, chacun soumis au cercle de famille aussi. Les gosses dans les rues avaient des parents qui se disputaient et ne divorçaient pas. Le noir et blanc était cruel. Il m'avait rendu lâche.

Il n'y avait eu d'abord qu'une photo. Douloureuse, puisque c'étaient eux, mais supportable. Je croyais avoir atténué l'enfance. Mais une vague était montée doucement : Ronis, Boubat, Doisneau, Lartigue...

L'époque était revenue. Plus étrange encore : les gens qui ne l'avaient pas connue s'y reconnaissaient. Les lycéens achetaient les photos de Doisneau comme ils achetaient celles de James Dean, de Marilyn. Et les amoureux s'embrassaient dans les parcs, dans les cafés, sur les trottoirs...

On affichait partout mon Atlantide, et je voyais flotter un monde que je croyais si lourd — et englouti. Je doutais de plus en plus, sans cesse confronté au mensonge. Pendant longtemps je m'étais demandé : est-ce que ce sont bien eux ? Mais les questions avaient changé. Où étais-je dans tout cela ? Avais-je réellement un passé, ou seulement celui des autres à partager ?

Je posais la photo devant moi, sur le bureau. Elle côtoyait les gommes, les stylos, le papier reliure de mon octascope. Je la saisissais entre le pouce et l'index, étonné chaque fois de la sentir si froide. Je ne l'avais pas tirée de l'album familial rouge et noir, je n'avais pas soulevé la feuille translucide, je ne l'avais pas cornée pour la soustraire à l'un des quatre coins fixatifs. Elle n'avait aucun pli familier. Une marge très blanche l'encadrait et révélait son anonymat. Une carte postale ? Je la retournais, et j'en discernais alors toutes les marques commerciales, le nom de l'éditeur et son adresse, l'identité du photographe. Deux plages blanches délimitées étaient destinées à un message. De qui à qui ? De quoi à quoi ?

Elle m'exaspérait, elle me fascinait ; elle me volait l'enfance, et m'engluait contre la vitre avec ses faux reflets. Un jour, je l'ai glissée tout au fond d'un tiroir. J'ai décidé qu'elle n'existait plus.

GUY DE MAUPASSANT

Le baiser *

Ma chère mignonne,

Donc, tu pleures du matin au soir et du soir au matin, parce que ton mari t'abandonne ; tu ne sais que faire, et tu implores un conseil de ta vieille tante que tu supposes apparemment bien experte. Je n'en sais pas si long que tu crois, et cependant je ne suis point sans doute tout à fait ignorante dans cet art d'aimer ou plutôt de se faire aimer, qui te manque un peu. Je puis bien, à mon âge, avouer cela.

Tu n'as pour lui, me dis-tu, que des attentions, que des douceurs, que des caresses, que des baisers. Le mal vient peut-être de là ; je crois que tu l'embrasses trop.

Ma chérie, nous avons aux mains le plus terrible pouvoir qui soit : l'amour. L'homme, doué de la force physique, l'exerce par la violence. La femme, douée du charme, domine par la caresse. C'est notre arme, arme redoutable, invincible, mais qu'il faut savoir manier.

Nous sommes, sache-le bien, les maîtresses de la

* Extrait de *Contes et nouvelles*, I (Bibliothèque de la Pléiade).

terre. Raconter l'histoire de l'Amour depuis les origines du monde, ce serait raconter l'homme lui-même. Tout vient de là, les arts, les grands événements, les mœurs, les coutumes, les guerres, les bouleversements d'empires.

Dans la Bible, tu trouves Dalila, Judith ; dans la Fable, Omphale, Hélène ; dans l'Histoire, les Sabines, Cléopâtre et bien d'autres.

Donc, nous régnons, souveraines toutes-puissantes. Mais il nous faut, comme les rois, user d'une diplomatie délicate.

L'Amour, ma chère petite, est fait de finesses, d'imperceptibles sensations. Nous savons qu'il est fort comme la mort ; mais il est aussi fragile que le verre. Le moindre choc le brise et notre domination s'écroule alors, sans que nous puissions la réédifier.

Nous avons la faculté de nous faire adorer, mais il nous manque une toute petite chose, le discernement des nuances dans la caresse, le flair subtil du TROP dans la manifestation de notre tendresse. Aux heures d'étreintes nous perdons le sentiment des finesses, tandis que l'homme que nous dominons reste maître de lui, demeure capable de juger le ridicule de certains mots, le manque de justesse de certains gestes. Prends bien garde à cela, ma mignonne : c'est le défaut de notre cuirasse, c'est notre talon d'Achille.

Sais-tu d'où nous vient notre vraie puissance ? du baiser, du seul baiser ! Quand nous savons tendre et abandonner nos lèvres, nous pouvons devenir des reines.

Le baiser n'est qu'une préface, pourtant. Mais une préface charmante, plus délicieuse que l'œuvre elle-même ; une préface qu'on relit sans cesse, tandis qu'on ne peut pas toujours... relire le livre. Oui, la rencontre des bouches est la plus parfaite, la plus divine sensation qui soit donnée aux humains, la dernière, la suprême limite du bonheur. C'est dans le baiser, dans le seul baiser qu'on croit parfois sentir cette impossible union des âmes que nous poursuivons, cette confusion des cœurs défaillants.

Te rappelles-tu les vers de Sully Prudhomme :

Les caresses ne sont que d'inquiets transports,
Infructueux essais du pauvre Amour qui tente
L'impossible union des âmes par le corps.

Une seule caresse donne cette sensation profonde, immatérielle des deux êtres ne faisant plus qu'un, c'est le baiser. Tout le délire violent de la complète possession ne vaut cette frémissante approche des bouches, ce premier contact humide et frais, puis cette attache immobile, éperdue et longue, si longue ! de l'une à l'autre.

Donc, ma belle, le baiser est notre arme la plus forte, mais il faut craindre de l'émousser. Sa valeur, ne l'oublie pas, est relative, purement conventionnelle. Elle change sans cesse suivant les circonstances, les dispositions du moment, l'état d'attente et d'extase de l'esprit.

Je vais m'appuyer sur un exemple.

Un autre poète, François Coppée, a fait un vers que nous avons toutes dans la mémoire, un vers que nous trouvons adorable, qui nous fait tressaillir jusqu'au cœur.

Après avoir décrit l'attente de l'amoureux dans une chambre fermée, par un soir d'hiver, ses inquiétudes, ses impatiences nerveuses, sa crainte horrible de ne pas LA voir venir, il raconte l'arrivée de la femme aimée qui entre enfin, toute pressée, essoufflée, apportant du froid dans ses jupes ; et il s'écrie :

Oh ! les premiers baisers à travers la voilette !

N'est-ce point là un vers d'un sentiment exquis, d'une observation délicate et charmante, d'une parfaite vérité ? Toutes celles qui ont couru au rendez-vous clandestin, que la passion a jetées dans les bras d'un homme, les connaissent bien ces délicieux premiers baisers à travers la voilette, et frémissent encore à leur souvenir. Et pourtant ils ne tirent leur charme que des circonstances, du retard, de l'attente anxieuse ; mais, en vérité, au point de vue purement, ou, si tu préfères, impurement sensuel, ils sont détestables.

Réfléchis. Il fait froid dehors. La jeune femme a marché vite ; la voilette est toute mouillée par son souffle refroidi. Des gouttelettes d'eau brillent dans les mailles de la dentelle noire. L'amant se précipite et colle ses lèvres ardentes à cette vapeur de poumons liquéfiée.

Le voile humide, qui déteint et porte la saveur ignoble des colorations chimiques, pénètre dans la bouche du jeune homme, mouille sa moustache. Il ne goûte nullement aux lèvres de la bien-aimée, il ne goûte qu'à la teinture de cette dentelle trempée d'haleine froide.

Et pourtant, nous nous écrions toutes, comme le poète :

Oh ! les premiers baisers à travers la voilette !

Donc la valeur de cette caresse étant toute conventionnelle, il faut craindre de la déprécier.

Eh bien, ma chérie, je t'ai vue en plusieurs occasions très maladroite. Tu n'es pas la seule, d'ailleurs ; la plupart des femmes perdent leur autorité par l'abus seul des baisers, des baisers intempestifs. Quand elles sentent leur mari ou leur amant un peu las, à ces heures d'affaissement où le cœur a besoin de repos comme le corps ; au lieu de comprendre ce qui se passe en lui, elles s'acharnent en des caresses inopportunes, le lassent par l'obstination des lèvres tendues, le fatiguent en l'étreignant sans rime ni raison.

Crois-en mon expérience. D'abord, n'embrasse jamais ton mari en public, en wagon, au restaurant. C'est du plus mauvais goût ; refoule ton envie. Il se sentirait ridicule et t'en voudrait toujours.

Méfie-toi surtout des baisers inutiles prodigués dans l'intimité. Tu en fais, j'en suis certaine, une effroyable consommation.

Ainsi je t'ai vue un jour tout à fait choquante. Tu ne te le rappelles pas sans doute.

Nous étions tous trois dans ton petit salon, et, comme vous ne vous gêniez guère devant moi, ton mari te tenait sur ses genoux et t'embrassait longuement la nuque, la bouche perdue dans les cheveux frisés du cou.

Soudain tu as crié :

« Ah le feu... »

Vous n'y songiez guère ; il s'éteignait. Quelques tisons assombris expirants rougissaient à peine le foyer.

Alors il s'est levé, s'élançant vers le coffre à bois où il saisit deux bûches énormes qu'il rapportait à grand'peine, quand tu es venue vers lui les lèvres mendiantes, murmurant :

« Embrasse-moi. »

Il tourna la tête avec effort en soutenant péniblement les souches. Alors tu posas doucement, lentement, ta bouche sur celle du malheureux qui demeura le col de travers, les reins tordus, les bras rompus, tremblant de fatigue et d'effort désespéré. Et tu éternisas ce baiser de supplice sans voir et sans comprendre.

Puis, quand tu le laissas libre, tu te mis à murmurer d'un air fâché :

« Comme tu m'embrasses mal. »

Parbleu, ma chère !

Oh ! prends garde à cela. Nous avons toutes cette sotte manie, ce besoin inconscient et bête de nous précipiter aux moments les plus mal choisis : quand il porte un verre plein d'eau, quand il remet ses bottes, quand il renoue sa cravate, quand il se trouve enfin dans quelque posture pénible, et de l'immobiliser par une gênante caresse qui le fait rester une minute avec un geste commencé et le seul désir d'être débarrassé de nous.

Surtout ne juge pas insignifiante et mesquine cette critique. L'amour est délicat, ma petite : un rien le froisse ; tout dépend, sache-le, du tact de nos câlineries. Un baiser maladroit peut faire bien du mal.

Expérimente mes conseils.

Ta vieille tante,
COLETTE.

Pour copie :
GUY DE MAUPASSANT.

LE BAISER,
UNE INVITATION À L'AMOUR

EDMOND ROSTAND

Cyrano de Bergerac *

SCÈNE X

CYRANO, CHRISTIAN,
ROXANE

ROXANE, *s'avançant sur le balcon.*

C'est vous ?
Nous parlions de... de... d'un...

CYRANO

Baiser. Le mot est doux.
Je ne vois pas pourquoi votre lèvre ne l'ose ;
S'il la brûle déjà, que sera-ce la chose ?
Ne vous en faites pas un épouvantement :
N'avez-vous pas tantôt, presque insensiblement,
Quitté le badinage et glissé sans alarmes
Du sourire au soupir, et du soupir aux larmes !
Glissez encore un peu d'insensible façon :
Des larmes au baiser il n'y a qu'un frisson !

* Extrait de *Cyrano de Bergerac*, acte III, scène 10 (Folio classique n° 3246).

ROXANE

Taisez-vous !

CYRANO

Un baiser, mais à tout prendre, qu'est-ce ?
Un serment fait d'un peu plus près, une promesse
Plus précise, un aveu qui veut se confirmer,
Un point rose qu'on met sur l'i du verbe aimer ;
C'est un secret qui prend la bouche pour oreille,
Un instant d'infini qui fait un bruit d'abeille,
Une communion ayant un goût de fleur,
Une façon d'un peu se respirer le cœur,
Et d'un peu se goûter, au bord des lèvres, l'âme !

ROXANE

Taisez-vous !

CYRANO

Un baiser, c'est si noble, Madame,
Que la reine de France, au plus heureux des lords,
En a laissé prendre un, la reine même !

ROXANE

Alors !

CYRANO, *s'exaltant.*

J'eus comme Buckingham des souffrances muettes,
J'adore comme lui la reine que vous êtes,
Comme lui je suis triste et fidèle...

ROXANE

Et tu es
Beau comme lui !

CYRANO, *à part, dégrisé.*

C'est vrai, je suis beau, j'oubliais !

ROXANE

Eh bien ! montez cueillir cette fleur sans pareille...

CYRANO, *poussant Christian vers le balcon.*

Monte !

ROXANE

Ce goût de cœur...

CYRANO

Monte !

ROXANE

Ce bruit d'abeille...

CYRANO

Monte !

CHRISTIAN, *hésitant.*

Mais il me semble, à présent, que c'est mal !

ROXANE

Cet instant d'infini !...

CYRANO, *le poussant.*

Monte donc, animal !

Christian s'élance, et par le banc, le feuillage, les piliers, atteint les balustres qu'il enjambe.

CHRISTIAN

Ah ! Roxane !...

Il l'enlace et se penche sur ses lèvres.

CYRANO

Aïe ! au cœur, quel pincement bizarre !
— Baiser, festin d'amour dont je suis le Lazare !
Il me vient dans cette ombre une miette de toi, —
Mais oui, je sens un peu mon cœur qui te reçoit,
Puisque sur cette lèvre où Roxane se leurre
Elle baise les mots que j'ai dits tout à l'heure !

On entend les théorbes.

Un air triste, un air gai : le capucin !

Il feint de courir comme s'il arrivait de loin, et d'une voix claire.

Holà !

ROXANE

Qu'est-ce ?

CYRANO

Moi. Je passais... Christian est encor là ?

CHRISTIAN, *très étonné.*

Tiens, Cyrano !

ROXANE

Bonjour, cousin !

CYRANO

Bonjour, cousine !

ROXANE

Je descends !

Elle disparaît dans la maison. Au fond rentre le capucin.

CHRISTIAN, *l'apercevant.*

Oh ! encor !

Il suit Roxane.

DAVID FOENKINOS

La délicatesse *

Quelqu'un frappa. Discrètement, avec deux doigts, pas plus. Nathalie sursauta comme si ces dernières secondes lui avaient fait croire qu'elle pouvait être seule au monde. Elle dit : « Entrez », et Markus entra. C'était un collègue originaire d'Uppsala, une ville suédoise qui n'intéresse pas grand monde. Même les habitants d'Uppsala [1] sont gênés : le nom de leur ville sonne presque comme une excuse. La Suède possède le taux de suicide le plus élevé au monde. Une alternative au suicide est l'émigration en France, voilà ce qu'avait dû penser Markus. Il était doté d'un physique plutôt désagréable, mais on ne pouvait pas dire non plus qu'il était laid. Il avait toujours une façon de s'habiller un peu particulière : on ne savait pas s'il avait récupéré ses affaires chez son grand-père, à Emmaüs, ou dans une friperie à la mode. Le tout formait un ensemble peu homogène.

« Je viens vous voir pour le dossier 114 », dit-il.

Fallait-il qu'en plus de son étrange apparence il

* Extrait de *La délicatesse* (Folio n° 5177).

1. Certes, on peut naître à Uppsala et devenir Ingmar Bergman. Cela dit, son cinéma peut aider à imaginer la tonalité de cette ville.

prononce des phrases aussi stupides ? Nathalie n'avait aucune envie de travailler aujourd'hui. C'était la première fois depuis si longtemps. Elle se sentait comme désespérée : elle aurait presque pu partir en vacances à Uppsala, c'est dire. Elle observait Markus qui ne bougeait pas. Il la regardait, avec émerveillement. Pour lui, Nathalie représentait cette sorte de féminité inaccessible, doublée du fantasme que certains développent à l'endroit de tout supérieur hiérarchique, de tout être en position de les dominer. Elle décida alors de marcher vers lui, de marcher lentement, vraiment lentement. On aurait presque eu le temps de lire un roman pendant cette avancée. Elle ne semblait pas vouloir s'arrêter, si bien qu'elle se retrouva tout près du visage de Markus, si proche que leurs nez se touchèrent. Le Suédois ne respirait plus. Que lui voulait-elle ? Il n'eut pas le temps de formuler plus longuement cette question dans sa tête, car elle se mit à l'embrasser vigoureusement. Un long baiser intense, de cette intensité adolescente. Puis subitement, elle recula :

« Pour le dossier 114, nous verrons plus tard. »

Elle ouvrit la porte, et proposa à Markus de sortir. Ce qu'il fit difficilement. Il était Armstrong sur la Lune. Ce baiser était un si grand pas pour son humanité. Il resta un instant, immobile, devant la porte du bureau. Nathalie, elle, avait déjà complètement oublié ce qui venait de se produire. Son acte n'avait aucun lien avec l'enchaînement des autres actes de sa vie. Ce baiser, c'était la manifestation d'une anarchie subite dans ses neurones, ce qu'on pourrait appeler : un acte gratuit.

PHILIPPE FOREST

Le nouvel amour *

Toute cette période d'attente euphorique paraissait délicieusement s'étirer. Pourtant, elle n'a pas duré plus de deux ou trois semaines. Un soir, Lou a pu se libérer grâce au prétexte d'un dîner d'affaires au cours duquel nous devions nous retrouver. Je suis allé la prendre dans son bureau, puis nous avons rejoint les invités au restaurant. Ce qui était en train de se passer entre Lou et moi, tous ceux qui nous fréquentaient (ils étaient très peu nombreux) ne pouvaient pas l'ignorer, éprouvant le grand embarras qu'il y a toujours à être, chez d'autres que soi, les témoins d'une passion naissante tenant splendidement pour rien tout autour d'elle. Pour ceux qui nous avaient fourni le prétexte de ce dîner, la soirée a dû être exécrable. Pour nous deux, elle était enchantée. Assez vite, on nous a laissés l'un à l'autre. Et nous sommes partis prendre un verre dans un bar proche de la place Graslin.

Dans toute histoire d'amour, il y a ce point d'équilibre où l'on se tient un seul instant, dont

* Extrait de *Le nouvel amour* (Folio n° 4829).

ensuite reste à jamais la nostalgie, et à partir duquel on surplombe soudain tout le temps de sa vie. Le passé semble alors tout entier derrière soi. C'est à peine s'il a jamais existé. Le présent est là et il fait s'ouvrir devant soi, à ses pieds, le vide fabuleux d'un merveilleux avenir au bord duquel on se trouve encore, ivre d'un vertige stupide auquel on veut s'abandonner, tombant pour de bon et sans aucun remords vers un nouveau demain.

Il suffit de se pencher légèrement vers l'avant et tout bascule ensuite. Un geste est juste indispensable, magique et bienveillant, tout comme la délicatesse d'une main posée sur soi et qui vous pousse amoureusement vers où plus rien ne vous retient. Nous avions déjà passablement bu mais nous étions éveillés au beau milieu de la nuit comme si la soirée seulement débutait. Lou a fait le geste que j'espérais. C'est elle qui m'a forcé vers le vide. Elle m'a demandé si j'imaginais que nous pourrions avoir une histoire ensemble. Je lui ai répondu que cette histoire, elle savait bien qu'elle avait déjà commencé. Alors, j'ai caressé sa joue, passé ma main dans ses cheveux et j'ai posé très doucement mes lèvres sur les siennes.

Il fallait que Lou retourne chez elle et puis nous n'avions aucun lieu où aller. Le café fermait et, comme nous ne voulions pas rentrer, il devait être déjà deux ou trois heures du matin, nous sommes partis chercher un autre endroit où repousser un peu le moment de nous quitter. À cette heure, le seul encore ouvert était une sorte de bar situé à deux pas de chez moi, logé dans un sous-sol où se bousculait une clientèle d'adolescents hypnotisés par le bruit et la lumière que diffusait dans la pénombre un gigantesque écran de télévision. Tous ces grands garçons et toutes ces grandes jeunes filles ne se parlaient pas (de toute façon, la musique était si forte qu'ils ne se seraient pas compris), ils ne se touchaient pas (du moins pas davantage que ne les y forçait l'incroyable exiguïté du local). Nous étions si simplement seuls parmi eux, protégés par l'obscurité, plus enfants qu'eux tous qui avaient pourtant dix ou vingt ans de moins que nous, allant chercher refuge dans le noir qui abritait, avec nos deux corps, tout l'émerveillement de se sentir de nouveau vivants.

Le goût des lèvres qui s'écartent, la bouche qui s'ouvre, les langues qui tournent, les mains qui se font un chemin autour des hanches (pour moi), qui viennent se poser sur les épaules (pour elle), à travers les vêtements, la pression des seins contre le torse, enfin toute la féerie ordinaire d'aimer à son commencement. C'est tout ce dont je me souviens. Et puis nous sommes sortis. Dans la rue, j'ai poussé Lou sous un porche. Tout en continuant à l'embrasser, je me suis mis à la caresser. Sous ses vêtements, je voulais sentir sa peau, relever sa robe. Je me suis aperçu qu'elle portait des bas et j'ai désiré toucher la peau au-dessus des cuisses et puis mettre mon visage entre ses seins. Lou se laissait faire. Je n'étais pas excité. J'étais étonné de ne pas être excité. Mais je n'en étais pas inquiet. J'étais tout entier à la formidable douceur de sentir cette femme contre moi. Mes bras, mes mains apprenaient pour plus tard la forme de son corps et cela me suffisait. Je la tenais tout entière contre moi et je laissais sa langue entrer dans ma bouche, faire de ma langue, de mes lèvres ce qu'elle voulait.

WILLIAM SHAKESPEARE

Roméo et Juliette *

ROMÉO, *à un serviteur.*

Quelle est cette dame, là-bas,
Qui enrichit la main de ce cavalier ?

LE SERVITEUR

Je ne sais pas, monsieur.

ROMÉO

Oh, elle enseigne aux torches à briller clair !
On dirait qu'elle pend à la joue de la nuit
Comme un riche joyau à une oreille éthiopienne.
Beauté trop riche pour l'usage, et trop précieuse
Pour cette terre ! Telle une colombe de neige
Dans un vol de corneilles, telle là-bas
Est parmi ses amies cette jeune dame.
Dès la danse finie, je verrai où elle se tient
Et ma main rude sera bénie d'avoir touché à la sienne.
Mon cœur a-t-il aimé, avant aujourd'hui ?
Jurez que non, mes yeux, puisque avant ce soir
Vous n'aviez jamais vu la vraie beauté.

* Extrait de *Roméo et Juliette*, acte I, scène 5 (Folio classique n° 1676).

TYBALT

Celui-ci, si j'en juge d'après sa voix,
Doit être un Montaigu. Ma rapière, petit !
Comment ce misérable peut-il oser
Venir ici, sous un masque grotesque,
Dénigrer notre fête et se moquer d'elle ?
Vrai, par le sang et l'honneur de ma race,
Si je l'égorge sur place, je n'y verrai pas un péché !

CAPULET

Eh, qu'y a-t-il, mon neveu ?
Pourquoi tempêtez-vous comme cela ?

TYBALT

Un Montaigu est ici, mon oncle ! Un de nos ennemis.
Un traître qui se glisse ici par bravade
Pour dénigrer notre réception de ce soir.

CAPULET

C'est le jeune Roméo, n'est-ce pas ?

TYBALT

Lui-même, le misérable Roméo.

CAPULET

Calme-toi, cher neveu, laisse-le en paix.
Il se conduit en parfait gentilhomme,
Et c'est la vérité que Vérone est fière de lui
Comme d'un jeune seigneur vertueux et bien éduqué.
Je ne voudrais, pour tout l'or de la ville,
Qu'il lui soit fait outrage dans ma maison :

Donc, retiens-toi, ne fais pas attention à lui.
Telle est ma volonté. Et si tu la respectes
Tu vas paraître aimable et chasser ces plis de ton front
Qui ne conviennent pas à un soir de fête.

TYBALT

Que si, puisqu'un pareil coquin
Est là, parmi nos hôtes ! Je ne le supporterai pas.

CAPULET

Vous le supporterez ! Quoi, mon petit monsieur,
N'ai-je pas dit qu'il en sera ainsi ? Ah, diable,
Qui est le maître ici, vous ou moi ? Allons donc,
Vous ne supporteriez... Dieu accueille mon âme !
Vas-tu porter l'émeute parmi mes hôtes ?
Tout chambarder ? Jouer au fier-à-bras ?

TYBALT

Mais, mon oncle, c'est une honte.

CAPULET

Allons, allons,
Tu es un insolent, ne le vois-tu pas ?
De ces manières-là il pourrait t'en cuire, je te le dis.
Tu veux me contrarier, bien sûr. Ah, Dieu, c'est le moment !

Aux danseurs.

Bravo, mes jolis cœurs !... Va, tu n'es qu'un blanc-bec.
Tiens-toi tranquille, sinon... Plus de lumière, que diable,

Plus de lumière !... Sinon, oui, je saurai bien t'y contraindre.
Allons, amusez-vous, mes jolis cœurs !

TYBALT

Cette patience obligée se heurte à mon ardente colère
Et mes membres frémissent de ce combat.
Je vais me retirer ; mais cette intrusion
Qui maintenant leur semble inoffensive
Tournera vite au fiel le plus amer.

Il sort.

ROMÉO, *à Juliette.*

Si j'ai pu profaner, de ma main indigne,
Cette châsse bénie, voici ma douce pénitence :
Mes lèvres sont toutes prêtes, deux rougissants pèlerins,
À guérir d'un baiser votre souffrance.

JULIETTE

Bon pèlerin, vous êtes trop cruel pour votre main
Qui n'a fait que montrer sa piété courtoise.
Les mains des pèlerins touchent celles des saintes,
Et leur baiser dévot, c'est paume contre paume.

ROMÉO

Saintes et pèlerins ont aussi des lèvres ?

JULIETTE

Oui, pèlerin, qu'il faut qu'ils gardent pour prier.

ROMÉO

Oh, fassent, chère sainte, les lèvres comme les mains !
Elles qui prient, exauce-les, de crainte
Que leur foi ne devienne du désespoir.

JULIETTE

Les saints ne bougent pas, même s'ils exaucent les vœux.

ROMÉO

Alors ne bouge pas, tandis que je recueille
Le fruit de mes prières. Et que mon péché
S'efface de mes lèvres grâce aux tiennes.

Il l'embrasse.

JULIETTE

Il s'ensuit que ce sont mes lèvres
Qui portent le péché qu'elles vous ont pris.

ROMÉO

Le péché, de mes lèvres ? Ô charmante façon
De pousser à la faute ! Rends-le-moi !

Il l'embrasse à nouveau.

JULIETTE

Il y a de la religion dans vos baisers.

HONORÉ DE BALZAC

La femme de trente ans *

Un soir, les deux amants étaient seuls, assis l'un près de l'autre, en silence, et occupés à contempler une des plus belles phases du firmament, un de ces ciels purs dans lesquels les derniers rayons du soleil jettent de faibles teintes d'or et de pourpre. En ce moment de la journée, les lentes dégradations de la lumière semblent réveiller les sentiments doux ; nos passions vibrent mollement, et nous savourons les troubles de je ne sais quelle violence au milieu du calme. En nous montrant le bonheur par de vagues images, la nature nous invite à en jouir quand il est près de nous, ou nous le fait regretter quand il a fui. Dans ces instants fertiles en enchantements, sous le dais de cette lueur dont les tendres harmonies s'unissent à des séductions intimes, il est difficile de résister aux vœux du cœur qui ont alors tant de magie ! alors le chagrin s'émousse, la joie enivre, et la douceur accable. Les pompes du soir sont le signal des aveux et les encouragent. Le silence devient plus dangereux que la parole, en communiquant aux yeux toute la puissance de l'infini des cieux qu'ils

* Extrait de *La femme de trente ans* (Folio classique n° 951).

reflètent. Si l'on parle, le moindre mot possède une irrésistible puissance. N'y a-t-il pas alors de la lumière dans la voix, de la pourpre dans le regard ? Le ciel n'est-il pas comme en nous, ou ne nous semble-t-il pas être dans le ciel ? Cependant Vandenesse et Juliette, car depuis quelques jours elle se laissait appeler ainsi familièrement par celui qu'elle se plaisait à nommer Charles, donc tous deux parlaient ; mais le sujet primitif de leur conversation était bien loin d'eux ; et, s'ils ne savaient plus le sens de leurs paroles, ils écoutaient avec délices les pensées secrètes qu'elles couvraient. La main de la marquise était dans celle de Vandenesse, et elle la lui abandonnait sans croire que ce fût une faveur.

Ils se penchèrent ensemble pour voir un de ces majestueux paysages pleins de neige, de glaciers, d'ombres grises qui teignent les flancs de montagnes fantastiques ; un de ces tableaux remplis de brusques oppositions entre les flammes rouges et les tons noirs qui décorent les cieux avec une inimitable et fugace poésie ; magnifiques langes dans lesquels renaît le soleil, beau linceul où il expire. En ce moment, les cheveux de Juliette effleurèrent les joues de Vandenesse ; elle sentit ce contact léger, elle en frissonna violemment, et lui plus encore ; car tous deux étaient graduellement arrivés à une de ces inexplicables crises où le calme communique aux sens une perception si fine, que le plus faible choc fait verser des larmes et déborder la tristesse si le cœur est perdu dans ces mélancolies, ou lui donne d'ineffables plaisirs s'il est perdu dans les vertiges de l'amour. Juliette pressa presque involontairement la main de son ami. Cette pression persuasive donna du courage à la timidité de l'amant. Les joies de ce moment et les espérances de l'avenir, tout se fondit dans une émotion, celle d'une première caresse, du chaste et modeste baiser que madame d'Aiglemont laissa prendre sur sa joue. Plus faible était la faveur, plus puissante, plus dangereuse elle fut. Pour leur malheur à tous deux, il n'y avait ni semblants ni fausseté. Ce fut l'entente de deux belles âmes, séparées par tout ce qui est loi, réunies par tout ce qui est séduction dans la nature. En ce moment le général d'Aiglemont entra.

LE BAISER,
COMMUNION DES CORPS

LOUISE LABÉ

Baise m'encor *

Baise m'encor, rebaise-moi et baise ;
Donne m'en un de tes plus savoureux,
Donne m'en un de tes plus amoureux :
Je t'en rendrai quatre plus chauds que braise.

Las ! te plains-tu ? Çà, que ce mal j'apaise,
En t'en donnant dix autres doucereux.
Ainsi, mêlant nos baisers tant heureux,
Jouissons-nous l'un de l'autre à notre aise.

Lors double vie à chacun en suivra.
Chacun en soi et son ami vivra.
Permets m'Amour penser quelque folie :

Toujours suis mal, vivant discrètement,
Et ne me puis donner contentement
Si hors de moi ne fais quelque saillie.

* Extrait d'*Œuvres poétiques*, sonnet XVIII (Poésie/Gallimard).

PABLO NERUDA

Vingt poèmes d'amour *

Tu joues tous les jours avec la lumière de l'univers.
Subtile visiteuse, tu viens sur la fleur et dans l'eau.
Tu es plus que cette blanche et petite tête que je presse
comme une grappe entre mes mains chaque jour.

Tu ne ressembles à personne depuis que je t'aime.
Laisse-moi t'étendre parmi les guirlandes jaunes.
Qui inscrit ton nom avec des lettres de fumée parmi les étoiles du sud ?
Ah laisse-moi me souvenir comment tu étais alors, quand tu n'existais pas encore.

Soudain le vent hurle et cogne ma fenêtre close.
Le ciel est un filet chargé de sombres poissons.
Ici viennent frapper tous les vents, tous.
La pluie se dévêt.

Les oiseaux passent en fuite.
Le vent. Le vent.
Je ne peux lutter que contre la force des hommes.

* Extrait de *Vingt poèmes d'amour et une chanson désespérée*, XIV (Poésie/Gallimard).

La tempête entourbillonne d'obscures feuilles
et libère toutes les barques qu'hier soir on amarra au ciel.

Toi tu es ici. Ah toi tu ne fuis pas.
Toi tu me répondras jusqu'au dernier cri.
Blottis-toi à mon côté comme si tu avais peur.
Pourtant une ombre étrange a parfois traversé tes yeux.

Maintenant, maintenant aussi, petite, tu m'apportes du chèvrefeuille,
et jusqu'à tes seins en sont parfumés.
Pendant que le vent triste galope en tuant des papillons
moi je t'aime, et ma joie mord ta bouche de prune.

Ce qu'il t'en aura coûté de t'habituer à moi,
à mon âme esseulée et sauvage, à mon nom que tous chassent.
Tant de fois nous avons vu s'embraser l'étoile du Berger en nous baisant les yeux
et sur nos têtes se détordre les crépuscules en éventails tournants.
Mes paroles ont plu sur toi en te caressant.
Depuis longtemps j'ai aimé ton corps de nacre ensoleillée.
Je te crois même reine de l'univers.
Je t'apporterai des fleurs joyeuses des montagnes, des *copihues*,
des noisettes foncées, et des paniers sylvestres de baisers.

Je veux faire avec toi
ce que le printemps fait avec les cerisiers.

VIOLETTE LEDUC

La bâtarde *

J'éteignis, une élève froissa du papier, je repoussai le livre avec une main désabusée. Plus gisant qu'un gisant me dis-je parce que j'imaginais Isabelle toute roide dans sa chemise de nuit. Le livre se ferma, la lampe s'enfonça dans l'édredon. Je joignis les mains. Je priais sans paroles, je réclamais un monde que je ne connaissais pas, j'écoutais tout près de mon ventre le nuage dans le coquillage. La surveillante éteignit aussi. La chanceuse dort, la chanceuse a une tombe en duvet dans laquelle elle s'est perdue. Le tic-tac lucide de ma montre-bracelet sur la table de nuit me décida. Je repris le livre, je lus sous le drap.

Quelqu'un espionnait derrière mon rideau. Cachée sous le drap, j'entendais le tic-tac inexorable. Un train de nuit quitta la gare derrière le sifflement qui perçait des ténèbres étrangères au collège. Je rejetai le drap, j'eus peur du dortoir silencieux.

On appelait derrière le rideau de percale.

Je faisais la morte. Je ramenai le drap au-dessus de ma tête. J'allumai ma lampe de poche.

— Violette, appela-t-on dans mon box.

* Extrait de *La bâtarde* (L'Imaginaire n° 351).

J'éteignis.

— Qu'est-ce que vous faites sous vos couvertures ? demanda la voix que je ne reconnaissais pas.

— Je lis.

On arracha le drap, on tira mes cheveux.

— Je vous dis que je lisais.

— Moins haut, dit Isabelle.

Une élève toussa.

— Vous pouvez me dénoncer si vous voulez...

Isabelle ne me dénoncera pas. J'abuse d'elle et je le sais.

— Vous ne dormiez pas ?

— Moins haut, dit Isabelle.

Je chuchotais trop fort parce que je voulais en finir avec la joie : je m'exaltais jusqu'à l'orgueil.

Isabelle en visite ne quittait pas mon rideau de percale. Je doutais de ses longs cheveux défaits dans ma cellule.

— J'ai peur que vous me répondiez non. Dites que vous me répondrez oui, haleta Isabelle.

J'avais allumé ma lampe de poche, j'avais eu malgré moi une prévenance pour la visiteuse.

— Dites oui ! supplia Isabelle.

Maintenant elle s'appuyait d'un doigt à la table de toilette.

Elle serra la cordelière de sa robe de chambre. Ses cheveux croulaient sur ses vergers, son visage vieillissait.

— Qu'est-ce que vous lisez ?

Elle ôta son doigt de la table de toilette.

— Je commençais quand vous êtes arrivée.

J'éteignis parce qu'elle regardait mon livre.

— Le titre... Dites-moi le titre.

— *Un homme heureux.*

— C'est un titre ? C'est bien ?

— Je n'en sais rien. Je commençais.

Isabelle partait, un anneau du rideau glissa sur la tringle. Je crus qu'elle rentrait dans sa tombe. Elle s'arrêta :

— Venez lire dans ma chambre.

Elle repartait, elle semait du givre entre sa demande et ma réponse.

— Vous viendrez ?

Isabelle quitta mon box.

Elle m'avait vue dans les draps jusqu'au cou. Elle ignorait que je portais une chemise de nuit spéciale, une chemise de nuit de lingère. Je croyais que la personnalité s'acquérait avec des vêtements coûteux. La chemise en mousseline de soie frôla mes hanches avec la douceur d'une toile d'araignée. Je me vêtis de ma chemise de nuit de pensionnaire, je quittai aussi mon box, avec mes poignets serrés dans les poignets réglementaires. La surveillante dormait. J'hésitai devant le rideau de percale d'Isabelle. J'entrai.

— Quelle heure ? dis-je avec froideur.

Je me retins à la portière, je braquai ma lampe de poche du côté de la table de nuit.

— Approchez-vous, dit Isabelle.

Je n'osais pas. Ses longs cheveux défaits, ceux d'une étrangère, m'intimidaient. Isabelle vérifiait l'heure.

— Venez plus près, dit-elle à sa montre-bracelet.

Opulence des cheveux qui balayaient les barreaux à la tête du lit. Cet écran miroitait, il cachait le visage d'une allongée, il me faisait peur. J'éteignis.

Isabelle se leva. Elle s'empara de ma lampe, de mon livre.

— Venez maintenant, dit-elle.

Isabelle s'était recouchée.

De son lit, elle dirigeait ma lampe.

Je m'assis au bord du matelas. Elle tendit son bras par-dessus mon épaule, elle prit mon livre sur la table de nuit, elle me le donna, elle me rassura. Je le feuilletai parce qu'elle me dévisageait, je ne sus à quelle page m'arrêter. Elle attendit ce que j'attendais.

Je m'accrochai à la première lettre de la première ligne.

— Onze heures, dit Isabelle.

Je contemplais à la première page des mots que je ne voyais pas. Elle me prit mon livre, elle éteignit.

Isabelle me tira en arrière, elle me coucha sur l'édredon, elle me souleva, elle me garda dans ses bras : elle me sortait d'un monde où je n'avais pas vécu pour me lancer dans un monde où je ne vivais pas encore ; les lèvres entrouvrirent les miennes, mouillèrent mes dents. La langue trop charnue m'effraya : le sexe étrange n'entra pas. J'attendais absente et recueillie. Les lèvres se promenèrent sur mes lèvres. Mon cœur battait trop haut et je voulais retenir ce scellé de douceur, ce frôlement neuf. Isabelle m'embrasse, me disais-je. Elle traçait un cercle autour de ma bouche, elle encerclait le trouble, elle mettait un baiser frais dans chaque coin, elle déposait deux notes piquées, elle revenait, elle hivernait. Mes yeux étaient gros d'étonnement sous mes paupières, la rumeur des coquillages trop vaste. Isabelle continua : nous descendions nœud après nœud dans une nuit au-delà de la nuit du collège, au-delà de la nuit de la ville, au-delà de la nuit du dépôt des tramways. Elle avait fait son miel sur mes lèvres, les sphinx se rendormaient. J'ai su que j'avais été privée d'elle avant de la rencontrer. Isabelle renvoya sa chevelure sous laquelle nous avions eu un abri.

— Croyez-vous qu'elle dort ? dit Isabelle.

— La surveillante ?

— Elle dort, décida Isabelle.

— Elle dort, dis-je aussi.

— Vous frissonnez. Ôtez votre robe de chambre.

Elle ouvrit les draps.

— Venez sans lumière, dit Isabelle.

Elle s'allongea contre la cloison, dans son lit, chez elle. J'enlevai ma robe de chambre, je me sentis trop neuve sur la carpette d'un vieux monde. Je devais venir tout de suite près d'elle puisque le sol me fuyait. Je m'allongeai sur le bord du matelas ; prête à m'enfuir en voleuse.

— Vous avez froid. Venez plus près, dit Isabelle.

Une dormeuse toussa, essaya de nous séparer.

Déjà elle me retenait, déjà j'étais retenue, déjà nous nous tourmentions, mais le pied jovial qui touchait le mien, la cheville qui se frottait à ma cheville nous rassuraient. Ma chemise de nuit parfois m'effleurait pendant que nous nous serrions et que nous tanguions. Nous avons cessé, nous avons retrouvé la mémoire et le dortoir. Isabelle alluma : elle voulait me voir. Je lui repris la lampe. Isabelle emportée par une vague glissa dans le lit, remonta, piqua du visage, me serra. Les roses se détachaient de la ceinture qu'elle me mettait. Je lui mis la même ceinture.

— Il ne faut pas que le lit gémisse, dit-elle.

Je cherchai une place froide sur l'oreiller, comme si c'était à cette place que le lit ne gémirait pas, je trouvai un oreiller de cheveux blonds. Isabelle me ramena sur elle.

Nous nous serrions encore, nous désirions nous

faire engloutir. Nous nous étions dépouillées de notre famille, du monde, du temps, de la clarté. Je voulais que, serrée sur mon cœur béant, Isabelle y pénétrât. L'amour est une invention harassante. Isabelle, Violette, disais-je en pensée pour m'habituer à la simplicité magique des deux prénoms.

Elle emmitoufla mes épaules dans la blanche fourrure d'un bras, elle mit ma main dans le sillon entre les seins, sur l'étoffe de sa chemise de nuit. Enchantement de ma main au-dessous de la sienne, de ma nuque, de mes épaules vêtues de son bras. Pourtant mon visage était seul : j'avais froid aux paupières. Isabelle l'a su. Pour me réchauffer partout, sa langue s'impatientait contre mes dents. Je m'enfermais, je me barricadais à l'intérieur de ma bouche. Elle attendait : c'est ainsi qu'elle m'apprit à m'épanouir. La muse secrète de mon corps, c'était elle. Sa langue, sa petite flamme, grisait mes muscles, ma chair. Je répondis, je provoquai, je combattis, je me voulus plus violente qu'elle. Le claquement des lèvres ne nous concernait plus. Nous nous acharnions mais si, à l'unisson, nous redevenions méthodiques, notre salive nous droguait. Nos lèvres après tant de salive échangée se désunirent malgré nous. Isabelle se laissa tomber au creux de mon épaule.

— Un train, dit-elle pour reprendre haleine.

On rampait dans mon ventre. J'avais une pieuvre dans le ventre.

Isabelle dessinait, avec son doigt simplifié sur mes lèvres, la forme de ma bouche. Le doigt tomba dans mon cou. Je le saisis, je le promenai sur mes cils :

— Ils sont à vous, lui dis-je.

Isabelle se taisait. Isabelle ne remuait pas. Si elle dormait, ce serait fini. Isabelle avait retrouvé ses habitudes, ses colliers. Je n'avais plus confiance en elle. Il faudrait partir. Son box n'était plus le mien. Je ne pouvais pas me lever : nous n'avions pas fini. Si elle dormait, c'était un rapt.

Faites qu'elle ne dorme pas sous un champ d'étoiles. Faites que la nuit n'engendre pas la nuit.

Isabelle ne dormait pas !

Elle souleva mon bras, ma hanche pâlit. J'eus un plaisir froid. J'écoutais ce qu'elle prenait, ce qu'elle donnait, je clignotais par reconnaissance : j'allaitais. Isabelle se jeta ailleurs. Elle lissait mes cheveux, elle flattait la nuit dans mes cheveux et la nuit glissait le long de mes joues. Elle cessa, elle créa un entracte. Front contre front, nous écoutions le remous, nous nous en remettions au silence, nous nous soumettions à lui.

La caresse est au frisson ce que le crépuscule est à l'éclair. Isabelle entraînait un râteau de lumière de l'épaule jusqu'au poignet, elle passait avec le miroir à cinq doigts dans mon cou, sur ma nuque, sur mes reins. Je suivais la main, je voyais sous mes paupières une nuque, une épaule, un bras qui n'étaient pas les miens. Elle violait mon oreille comme elle avait violé ma bouche avec sa bouche. L'artifice était cynique, la sensation singulière. Je me glaçai, je redoutai ce raffinement de bestialité. Isabelle me retrouva, elle me retint par les cheveux, elle recommença. Le glaçon de chair m'ahurit, la superbe d'Isabelle me rassura.

Elle se pencha hors du lit, elle ouvrit le tiroir de la table de nuit.

— Un lacet ! Pourquoi un lacet de chaussure ?

— Je noue mes cheveux. Taisez-vous, sinon nous nous ferons prendre.

Isabelle serrait le nœud, elle se préparait. J'écoutais ce qui est seul : le cœur. Celle que j'attendais venait avec ses préparatifs.

De ses lèvres tomba un petit œuf bleuté où elle m'avait laissée, où elle me reprenait. Elle ouvrit le col de ma chemise de nuit, elle vérifia avec sa joue, avec son front la courbe de mon épaule. J'acceptais les merveilles qu'elle imaginait sur la courbe de mon épaule. Elle me donnait une leçon d'humilité. Je m'effrayai. J'étais vivante. Je n'étais pas une idole.

Elle ferma le col de ma chemise de nuit.

— Est-ce que je pèse ? dit-elle avec douceur.

— Ne partez pas...

Je voulais la serrer dans mes bras mais je n'osais pas. Les quarts d'heure s'envolaient de l'horloge. Isabelle dessinait avec son doigt un colimaçon sur la place pauvre que nous avons derrière le lobe de l'oreille. Elle me chatouilla malgré elle. C'était saugrenu.

Elle mit ma tête dans ses mains comme si j'avais été décapitée, elle ficha sa langue dans ma bouche. Elle nous voulait osseuses, déchirantes. Nous nous déchiquetions à des aiguilles en pierre. Le baiser ralentit dans mes entrailles, il disparut, courant chaud dans la mer.

Nous avons fini de nous embrasser, nous nous sommes allongées et, phalange contre phalange, nous avons chargé nos osselets de ce que nous ne savions pas nous dire.

RÉMY BELLEAU

*Baiser**

Ces mots entrecoupés, tendres et passionnés,
Ces fous-rires charmants, ces yeux demi pâmés,
Quand nous luttons à qui prendra plus de baisers
(Des baisers qui feraient descendre un dieu du ciel),
Ces jeunes seins gonflés, dont la blancheur de lait
Ferait pâlir les lys, et ces lèvres, rivales
Du corail, des roses, de la pourpre,
Et ces cheveux, or fauve, et l'ivoire des dents
Superbement rangées — tant de douceur m'achève
Et me laisse sans force.

Mais le dard de ta langue humide de rosée,
Nos deux souffles unis dans l'amoureux baiser,
Mais les attouchements de nos langues complices
Et les soupirs pressés qu'échangent nos deux bouches
M'enlèvent jusqu'au ciel de la félicité.
Car, soit que j'enfouisse ma main dans tes cheveux
Ou que j'affole un sein tremblant sous mes baisers

* Extrait d'*Anthologie de la poésie lyrique latine de la Renaissance* (Poésie/Gallimard).

Ou sente sur la lèvre ton âme s'envoler,
Je me fonds, un frisson agite ma poitrine,
Une sueur soudain inonde mon visage
Et mon esprit, navré par la douceur d'aimer,
Ne sait plus où il est.

ARUNDHATI ROY

Le Dieu des Petits Riens *

Il commença à nager dans sa direction. Calmement. Sans heurt. Il avait presque atteint la berge quand elle releva la tête et le vit. Ses pieds touchèrent le lit boueux du fleuve. Tandis qu'il sortait de l'eau et montait les marches de pierre, elle vit que le monde où ils se trouvaient était le sien. Qu'il appartenait à ce monde autant que celui-ci lui appartenait. L'eau. La boue. Les arbres. Les poissons. Les étoiles. Il se déplaçait dans cet univers avec une aisance totale. En le regardant, elle comprit la vraie nature de sa beauté. Comment son travail l'avait fait ce qu'il était. Comment le bois qu'il façonnait l'avait façonné à son tour. Comment chaque planche rabotée, chaque clou enfoncé, chaque objet réalisé l'avaient modelé. Laissant sur lui leur empreinte. Lui donnant sa force, sa grâce déliée.

Il portait autour des reins un morceau d'étoffe blanche nouée entre ses jambes sombres. Il secoua l'eau de ses cheveux. Elle voyait son sourire dans l'obscurité. Blanc et fulgurant. Le seul bagage qu'il ait conservé de son enfance.

* Extrait de *Le Dieu des Petits Riens* (Folio n° 3315).

Ils se regardèrent. Ils ne pensaient plus. Le temps des pensées était derrière eux. Devant eux, des sourires grimaçants. Mais ce serait pour plus tard.

Plutard.

Il était maintenant debout devant elle, le fleuve ruisselant de son corps. Elle resta assise sur les marches, à le regarder. Pâleur de son visage dans le clair de lune. Un frisson soudain le parcourut. Son cœur se mit à cogner dans sa poitrine. C'était une terrible erreur. Il s'était fourvoyé. Toute cette histoire n'était que le produit de son imagination. Il était tombé dans un piège. Il devait y avoir des gens dans les fourrés. Qui observaient la scène. Elle ? elle n'était que l'appât. Comment aurait-il pu en être autrement ? On l'avait aperçu dans la manifestation. Il essaya de parler d'une voix désinvolte. Normale. Seul un son rauque sortit de sa gorge.

« Ammukutty... que se passe-t-il ? »

Elle s'approcha de lui et pressa son corps contre le sien. Il ne bougea pas. Ne la toucha pas. Il frissonnait. De froid. De terreur. D'un désir fou. En dépit de sa peur, son corps était prêt à mordre à l'appât. Tant il la désirait. Son humidité la pénétra. Elle l'enlaça.

Il essaya de penser. *Que peut-il m'arriver de pire ?*

Tout perdre. Mon travail. Ma famille. Mes moyens d'existence. Tout.

Elle entendait son cœur cogner dans sa poitrine.

Elle le tint serré contre elle jusqu'à ce qu'il se calme. Un peu.

Elle déboutonna son corsage. Ils restèrent ainsi. Peau contre peau.

Sa peau brune contre la sienne, presque noire. Sa douceur contre sa dureté. Ses seins noisette (qui ne retiendraient pas une brosse à dents) contre sa poitrine d'ébène lisse. Elle sentait sur lui l'odeur du fleuve. Cette odeur si particulière du Paravan qui dégoûtait tant Baby Kochamma. Ammu la goûta de sa langue, dans le creux que faisaient les tendons de son cou. Sur le lobe de son oreille. Elle attira sa tête à elle et l'embrassa sur la bouche. Baiser brumeux. Baiser qui en réclamait un autre en retour. Il l'embrassa. D'abord avec précaution. Puis avec fougue. Lentement, ses bras se refermèrent sur son dos. Qu'il caressa. Avec une infinie douceur. En dépit du contact sur sa peau de ses mains dures, calleuses, rêches comme du papier de verre. Il faisait très attention de ne pas lui faire mal. Elle sentait à quel point, pour lui, elle était douce. Elle se sentait à travers lui. Sentait sa peau. La manière dont son corps n'existait qu'aux endroits où il la touchait. Ailleurs, il n'était que fumée. Soudain, il tressaillit. Ses mains glissèrent au bas de son dos et plaquèrent ses hanches contre les siennes, pour lui faire savoir à quel point il la désirait.

La biologie régla la chorégraphie. La terreur la synchronisa. Dicta le rythme auquel leurs corps allaient se répondre. Comme s'ils savaient déjà qu'il leur faudrait payer chaque frisson de plaisir par une mesure égale de souffrance. Comme s'ils pressentaient que plus loin ils iraient, plus cher ils devraient payer. Alors, ils se retinrent. Se torturant. Ne s'abandonnant que lentement. Ce qui ne fit qu'aggraver les choses. Que faire monter les enchères. Que leur coûter davantage. Parce que les embarras, les tâtonnements, la fièvre de la première rencontre s'en trouvaient amoindris, et leur désir exacerbé.

Derrière eux, le fleuve palpitait dans les ténèbres, miroitant comme une soie sauvage. Les bambous jaunes pleuraient.

Les coudes posés sur l'eau, la nuit les regardait.

FRANÇOIS TRISTAN L'HERMITE

L'extase d'un baiser *

Au point que j'expirais, tu m'as rendu le jour
Baiser, dont jusqu'au cœur le sentiment me touche,
Enfant délicieux de la plus belle bouche
Qui jamais prononça les Oracles d'Amour.

Mais tout mon sang s'altère, une brûlante fièvre
Me ravit la couleur et m'ôte la raison ;
Cieux ! j'ai pris à la fois sur cette belle lèvre
D'un céleste Nectar et d'un mortel poison.

Ah ! mon Âme s'envole en ce transport de joie !
Ce gage de salut, dans la tombe m'envoie ;
C'est fait ! je n'en puis plus, Élise je me meurs.

Ce baiser est un sceau par qui ma vie est close :
Et comme on peut trouver un serpent sous des fleurs,
J'ai rencontré ma mort sur un bouton de rose.

* Extrait de *Vies héroïques* (1648).

QUELQUES CONSEILS
ET REMARQUES AVANT DE SE LANCER

LE BAISER, UNE INVITATION À L'AMOUR

HONORÉ DE BALZAC *La femme de trente ans*
Extrait de *La femme de trente ans* (Folio classique n° 951)

RÉMY BELLEAU *Baiser*
Extrait d'*Anthologie de la poésie lyrique latine de la Renaissance* (Poésie/Gallimard)

PHILIPPE DELERM *Les amoureux de l'Hôtel de Ville*
Extrait de *Les amoureux de l'Hôtel de Ville* (Folio n° 3976)

DAVID FOENKINOS *La délicatesse*
Extrait de *La délicatesse* (Folio n° 5177)

PHILIPPE FOREST *Le nouvel amour*
Extrait de *Le nouvel amour* (Folio n° 4829)

LOUISE LABÉ *Baise m'encor*
Extrait d'*Œuvres poétiques*, sonnet XVIII (Poésie/Gallimard)

VIOLETTE LEDUC *La bâtarde*
Extrait de *La bâtarde* (L'Imaginaire n° 351)

FRANÇOIS TRISTAN L'HERMITE *L'extase d'un baiser*
Extrait de *Vers héroïques* (1648)

GUY DE MAUPASSANT *Le baiser*
Extrait de *Contes et nouvelles*, I (Bibliothèque de la Pléiade)

PABLO NERUDA *Vingt poèmes d'amour*

Extrait de *Vingt poèmes d'amour et une chanson désespérée*, XIV (Poésie/Gallimard)
Traduit de l'espagnol par Christian Rinderknecht

RAYMOND QUENEAU *Les fleurs bleues*

Extrait de *Les fleurs bleues* (Folio n° 1000)

EDMOND ROSTAND *Cyrano de Bergerac*

Extrait de *Cyrano de Bergerac*, acte III, scène 10 (Folio classique n° 3246)

ARUNDHATI ROY *Le Dieu des Petits Riens*

Extrait de *Le Dieu des Petits Riens* (Folio n° 3315)
Traduit de l'anglais par Claude Demanuelli

WILLIAM SHAKESPEARE *Roméo et Juliette*

Extrait de *Roméo et Juliette*, acte I, scène 5 (Folio classique n° 1676)
Traduit de l'anglais par Yves Bonnefoy

PHILIPPE SOLLERS *Une vie divine*

Extrait d'*Une vie divine* (Folio n° 4533)

COLLECTION FOLIO 3€

Dernières parutions

4280. Flannery O'Connor	*Un heureux événement* suivi de *La personne déplacée*
4281. Chantal Pelletier	*Intimités* et autres nouvelles
4319. Henry James	*Le menteur*
4320. Jack London	*La piste des soleils* et autres nouvelles
4321. Jean-Bernard Pouy	*La mauvaise graine* et autres nouvelles
4323. Bruno Schulz	*Le printemps*
4325. Marcel Proust	*L'affaire Lemoine*
4326. Ji Yun	*Des nouvelles de l'au-delà*
4387. Boileau-Narcejac	*Au bois dormant*
4388. Albert Camus	*L'été*
4389. Philip K. Dick	*Ce que disent les morts*
4390. Alexandre Dumas	*La Dame pâle*
4391. Herman Melville	*Les Encantadas, ou Îles Enchantées*
4394. Marguerite Yourcenar	*Le Coup de Grâce*
4395. Nicolas Gogol	*Une terrible vengeance*
4396. Jane Austen	*Lady Susan*
4441. Honoré de Balzac	*Les dangers de l'inconduite*
4442. Collectif	*1, 2, 3... bonheur ! Le bonheur en littérature*
4443. James Crumley	*Tout le monde peut écrire une chanson triste* et autres nouvelles
4445. William Golding	*L'envoyé extraordinaire*
4446. Pierre Loti	*Les trois dames de la Kasbah* suivi de *Suleïma*
4448. Jean Rhys	*À septembre, Petronella* suivi de *Qu'ils appellent ça du jazz*
4449. Gertrude Stein	*La brave Anna*
4450. Voltaire	*Le Monde comme il va* et autres contes
4482. Régine Detambel	*Petit éloge de la peau*
4483. Caryl Férey	*Petit éloge de l'excès*

4484. Jean-Marie Laclavetine — *Petit éloge du temps présent*
4485. Richard Millet — *Petit éloge d'un solitaire*
4486. Boualem Sansal — *Petit éloge de la mémoire*
4518. Renée Vivien — *La Dame à la louve*
4519. Madame Campan — *Mémoires sur la vie privée de Marie-Antoinette. Extraits*
4520. Madame de Genlis — *La Femme auteur*
4521. Elsa Triolet — *Les Amants d'Avignon*
4522. George Sand — *Pauline*
4550. Collectif — *«Mon cher papa…» Des écrivains et leur père*
4551. Joris-Karl Huysmans — *Sac au dos* suivi d'*À vau l'eau*
4554. Henry Miller — *Lire aux cabinets* précédé d'*Ils étaient vivants et ils m'ont parlé*
4555. Alfred de Musset — *Emmeline* suivi de *Croisilles*
4556. Irène Némirovsky — *Ida* suivi de *La comédie bourgeoise*
4557. Rainer Maria Rilke — *Au fil de la vie. Nouvelles et esquisses*
4558. Edgar Allan Poe — *Petite discussion avec une momie* et autres histoires extraordinaires
4598. Mark Twain — *Un majestueux fossile littéraire* et autres nouvelles
4618. Stéphane Audeguy — *Petit éloge de la douceur*
4619. Éric Fottorino — *Petit éloge de la bicyclette*
4620. Valentine Goby — *Petit éloge des grandes villes*
4621. Gaëlle Obiégly — *Petit éloge de la jalousie*
4622. Pierre Pelot — *Petit éloge de l'enfance*
4639. Benjamin Constant — *Le Cahier rouge*
4669. Simone de Beauvoir — *La Femme indépendante*
4670. Rudyard Kipling — *Une vie gaspillée* et autres nouvelles
4671. D. H. Lawrence — *L'épine dans la chair* et autres nouvelles
4672. Luigi Pirandello — *Eau amère* et autres nouvelles
4673. Jules Verne — *Les révoltés de la Bounty* suivi de *Maître Zacharius*
4674. Anne Wiazemsky — *L'île*
4708. Isabelle de Charrière — *Sir Walter Finch et son fils William*

4709. Madame d'Aulnoy	*La Princesse Belle Étoile et le prince Chéri*
4710. Isabelle Eberhardt	*Amours nomades. Nouvelles choisies*
4711. Flora Tristan	*Promenades dans Londres* (extraits)
4737. Joseph Conrad	*Le retour*
4738. Roald Dahl	*Le chien de Claude*
4739. Fédor Dostoïevski	*La femme d'un autre et le mari sous le lit. Une aventure peu ordinaire*
4740. Ernest Hemingway	*La capitale du monde* suivi de *L'heure triomphale de Francis Macomber*
4741. H. P. Lovecraft	*Celui qui chuchotait dans les ténèbres*
4744. Robert Louis Stevenson	*La chaussée des Merry Men*
4745. Henry David Thoreau	*« Je vivais seul, dans les bois »*
4746. Michel Tournier	*L'aire du Muguet* précédé de *La jeune fille et la mort*
4782. Francis Scott Fitzgerald	*L'étrange histoire de Benjamin Button* suivi de *La lie du bonheur*
4783. Lao She	*Le nouvel inspecteur* suivi de *Le croissant de lune*
4784. Guy de Maupassant	*Apparition* et autres contes de l'étrange
4786. Patrick Amine	*Petit éloge de la colère*
4787. Élisabeth Barillé	*Petit éloge du sensible*
4788. Didier Daeninckx	*Petit éloge des faits divers*
4789. Nathalie Kuperman	*Petit éloge de la haine*
4790. Marcel Proust	*La fin de la jalousie* et autres nouvelles
4839. Julian Barnes	*À jamais* et autres nouvelles
4840. John Cheever	*Une Américaine instruite* précédé d'*Adieu, mon frère*
4841. Collectif	*« Que je vous aime, que je t'aime ! » Les plus belles déclarations d'amour*
4842. André Gide	*Souvenirs de la cour d'assises*
4843. Jean Giono	*Notes sur l'affaire Dominici* suivi d'*Essai sur le caractère des personnages*
4844. Jean de La Fontaine	*Comment l'esprit vient aux filles* et autres contes libertins

4845. Yukio Mishima — *Papillon* suivi de *La lionne*
4846. John Steinbeck — *Le meurtre* et autres nouvelles
4847. Anton Tchékhov — *Un royaume de femmes* suivi de *De l'amour*
4848. Voltaire — *L'Affaire du chevalier de La Barre* précédé de *L'Affaire Lally*
4875. Marie d'Agoult — *Premières années (1806-1827)*
4876. Madame de Lafayette — *Histoire de la princesse de Montpensier* et autres nouvelles
4877. Madame Riccoboni — *Histoire de M. le marquis de Cressy*
4878. Madame de Sévigné — *«Je vous écris tous les jours...» Premières lettres à sa fille*
4879. Madame de Staël — *Trois nouvelles*
4911. Karen Blixen — *Saison à Copenhague*
4912. Julio Cortázar — *La porte condamnée* et autres nouvelles fantastiques
4913. Mircea Eliade — *Incognito à Buchenwald...* précédé d'*Adieu !...*
4914. Romain Gary — *Les trésors de la mer Rouge*
4915. Aldous Huxley — *Le jeune Archimède* précédé de *Les Claxton*
4916. Régis Jauffret — *Ce que c'est que l'amour* et autres microfictions
4917. Joseph Kessel — *Une balle perdue*
4919. Junichirô Tanizaki — *Le pont flottant des songes*
4920. Oscar Wilde — *Le portrait de Mr. W. H.*
4954. Franz Bartelt — *Petit éloge de la vie de tous les jours*
4955. Roger Caillois — *Noé* et autres textes
4956. Casanova — *Madame F.* suivi d'*Henriette*
4957. Henry James — *De Grey, histoire romantique*
4958. Patrick Kéchichian — *Petit éloge du catholicisme*
4959. Michel Lermontov — *La princesse Ligovskoï*
4960. Pierre Péju — *L'idiot de Shanghai* et autres nouvelles
4962. John Updike — *Publicité* et autres nouvelles
5011. Marcel Aymé — *La bonne peinture*
5012. Mikhaïl Boulgakov — *J'ai tué* et autres récits

5013. Arthur Conan Doyle — *L'interprète grec* et autres aventures de Sherlock Holmes
5015. Arthur Conan Doyle — *Une affaire d'identité* et autres aventures de Sherlock Holmes
5016. Cesare Pavese — *Histoire secrète* et autres nouvelles
5018. Rabindranath Tagore — *Aux bords du Gange* et autres nouvelles
5019. Émile Zola — *Pour une nuit d'amour* suivi de *L'Inondation*
5060. Anonyme — *L'œil du serpent. Contes folkloriques japonais*
5061. Federico García Lorca — *Romancero gitan* suivi de *Chant funèbre pour Ignacio Sanchez Mejías*
5062. Ray Bradbury — *Le meilleur des mondes possibles* et autres nouvelles
5063. Honoré de Balzac — *La Fausse Maîtresse*
5064. Madame Roland — *Enfance*
5065. Jean-Jacques Rousseau — *« En méditant sur les dispositions de mon âme... »* et autres *Rêveries* suivi de *Mon portrait*
5067. Marguerite de Valois — *Mémoires 1569-1577* (extraits)
5068. Madame de Villeneuve — *La Belle et la Bête*
5069. Louise de Vilmorin — *Sainte-Unefois*
5120. Hans Christian Andersen — *La Vierge des glaces*
5122. Collectif — *Au pied du sapin. Contes de Noël*
5123. Vincent Delecroix — *Petit éloge de l'ironie*
5124. Philip K. Dick — *Petit déjeuner au crépuscule* et autres nouvelles
5125. Jean-Baptiste Gendarme — *Petit éloge des voisins*
5126. Bertrand Leclair — *Petit éloge de la paternité*
5127. Alfred de Musset - George Sand — *« Ô mon George, ma belle maîtresse... » Lettres*
5128. Grégoire Polet — *Petit éloge de la gourmandise*
5163. Ryûnosuke Akutagawa — *La vie d'un idiot* précédé d'*Engrenage*
5164. Anonyme — *Saga d'Eiríkr le Rouge* suivi de *Saga des Groenlandais*

5165. Antoine Bello	*Go Ganymède!*
5166. Adelbert von Chamisso	*L'étrange histoire de Peter Schlemihl*
5167. Collectif	*L'art du baiser. Les plus beaux baisers de la littérature*
5169. H. P. Lovecraft	*L'horreur de Dunwich*
5170. Léon Tolstoï	*Le Diable*
5185. Edith Wharton	*Le miroir* suivi de *Miss Mary Pask*
5231. Théophile Gautier	*La cafetière* et autres contes fantastiques
5232. Claire Messud	*Les Chasseurs*
5233. Dave Eggers	*Du haut de la montagne, une longue descente*
5234. Gustave Flaubert	*Un parfum à sentir ou Les Baladins* suivi de *Passion et vertu*
5236. Ernest Hemingway	*Une drôle de traversée*
5239. Kenzaburô Ôé	*Seventeen*
5240. P. G. Wodehouse	*Une partie mixte à trois* et autres nouvelles du green
5290. Jean-Jacques Bernard	*Petit éloge du cinéma d'aujourd'hui*
5291. Jean-Michel Delacomptée	*Petit éloge des amoureux du silence*
5292. Mathieu Terence	*Petit éloge de la joie*
5293. Vincent Wackenheim	*Petit éloge de la première fois*
5295. Collectif	*Ne nous fâchons pas ! ou l'art de se disputer au théâtre*
5298. Jules Verne	*Une fantaisie du Docteur Ox*
5347. Honoré de Balzac	*Philosophie de la vie conjugale*
5349. Charles Dickens	*L'Embranchement de Mugby*
5351. Marcus Malte	*Mon frère est parti ce matin...*
5352. Vladimir Nabokov	*Natacha* et autres nouvelles
5353. Arthur Conan Doyle	*Un scandale en Bohême* suivi d'*Étoile d'argent. Deux aventures de Sherlock Holmes*
5354. Jean Rouaud	*Préhistoires*
5356. Oscar Wilde	*Maximes* et autres textes
5415. Franz Bartelt	*Une sainte fille* et autres nouvelles
5416. Mikhaïl Boulgakov	*Morphine*
5419. Guy de Maupassant	*Contes au fil de l'eau*

5420. Thomas Hardy	*Les intrus de la Maison Haute* précédé d'un autre conte du Wessex
5422. Orhan Pamuk	*Mon père* et autres textes
5423. Jonathan Swift	*Modeste proposition* et autres textes
5424. Sylvain Tesson	*L'éternel retour*
5463. Collectif	*Un voyage érotique. Invitations à l'amour dans la littérature du monde entier*
5465. William Faulkner	*Coucher de soleil* et autres Croquis de La Nouvelle-Orléans
5466. Jack Kerouac	*Sur les origines d'une génération* suivi du *Dernier mot*
5468. Patrick Pécherot	*Petit éloge des coins de rue*
5469. George Sand	*Le château de Pictordu*
5471. Martin Winckler	*Petit éloge des séries télé*
5532. Grimm	*Hänsel et Gretel* et autres contes
5607. Éric Fottorino	*Petit éloge du Tour de France*
5609. Frédéric Martinez	*Petit éloge des vacances*
5610. Sylvia Plath	*Dimanche chez les Minton* et autres nouvelles
5611. Lucien	*« Sur des aventures que je n'ai pas eues ». Histoire véritable*
5631. Boccace	*Le Décaméron. Première journée*
5634. Belinda Cannone	*Petit éloge du désir*
5635. Collectif	*Faites vos jeux ! Les jeux en littérature*
5637. Denis Diderot	*Sur les femmes* et autres textes
5638. Elsa Marpeau	*Petit éloge des brunes*
5639. Edgar Allan Poe	*Le sphinx* et autres contes
5640. Virginia Woolf	*Le quatuor à cordes* et autres nouvelles
5714. Guillaume Apollinaire	*« Mon cher petit Lou ». Lettres à Lou*
5715. Jorge Luis Borges	*Le Sud* et autres fictions
5721. Olympe de Gouges	*Déclaration des droits de la femme et de la citoyenne* et autres écrits *« Femme, réveille-toi ! »*
5722. Tristan Garcia	*Le saut de Malmö* et autres nouvelles
5723. Silvina Ocampo	*La musique de la pluie* et autres nouvelles
5760. Leonardo Sciascia	*La tante d'Amérique*

5762. Amos Oz	*Chanter* et autres nouvelles
5794. James Joyce	*Un petit nuage* et autres nouvelles
5795. Blaise Cendrars	*L'Amiral*
5797. Ueda Akinari	*La maison dans les roseaux* et autres contes
5798. Alexandre Pouchkine	*Le coup de pistolet* et autres récits de feu Ivan Pétrovitch Bielkine
5818. Mohammed Aïssaoui	*Petit éloge des souvenirs*
5819. Ingrid Astier	*Petit éloge de la nuit*
5820. Denis Grozdanovitch	*Petit éloge du temps comme il va*
5821. Akira Mizubayashi	*Petit éloge de l'errance*
5835. Francis Scott Fitzgerald	*Bernice se coiffe à la garçonne* précédé du *Pirate de la côte*
5838. Ihara Saikaku	*Histoire du tonnelier tombé amoureux* suivi d'*Histoire de Gengobei*
5896. Collectif	*Transports amoureux. Nouvelles ferroviaires*
5897. Alain Damasio	*So phare away* et autres nouvelles
5898. Marc Dugain	*Les vitamines du soleil*
5900. Henry James	*Le fantôme locataire* précédé d'*Histoire singulière de quelques vieux habits*
5901. François Poullain de La Barre	*De l'égalité des deux sexes*
5902. Junichirô Tanizaki	*Le pied de Fumiko* précédé de *La complainte de la sirène*
5903. Ferdinand von Schirach	*Le hérisson* et autres nouvelles
5904. Oscar Wilde	*Le millionnaire modèle* et autres contes
5905. Stefan Zweig	*Découverte inopinée d'un vrai métier* suivi de *La vieille dette*
5973. Collectif	*Pourquoi l'eau de mer est salée* et autres contes de Corée
5974. Honoré de Balzac	*Voyage de Paris à Java* suivi d'*Un drame au bord de la mer*
5976. Joseph Kessel	*Le paradis du Kilimandjaro* et autres reportages
5977. Jack London	*Une odyssée du Grand Nord* précédé du *Silence blanc*

5992. Pef — *Petit éloge de la lecture*
5994. Thierry Bourcy — *Petit éloge du petit déjeuner*
5995. Italo Calvino — *L'oncle aquatique* et autres récits cosmicomics
5996. Gérard de Nerval — *Le harem* suivi d'*Histoire du calife Hakem*
5997. Georges Simenon — *L'Étoile du Nord* et autres enquêtes de Maigret
5998. William Styron — *Marriott le marine*
5999. Anton Tchékhov — *Les groseilliers* et autres nouvelles
6001. P'ou Song-ling — *La femme à la veste verte. Contes extraordinaires du Pavillon du Loisir*
6002. H. G. Wells — *Le cambriolage d'Hammerpond Park* et autres nouvelles extravagantes
6042. Collectif — *Joyeux Noël ! Histoires à lire au pied du sapin*
6083. Anonyme — *Saga de Hávardr de l'Ísafjördr. Saga islandaise*
6084. René Barjavel — *Les enfants de l'ombre* et autres nouvelles
6085. Tonino Benacquista — *L'aboyeur* précédé de *L'origine des fonds*
6086. Karen Blixen — *Histoire du petit mousse* et autres contes d'hiver
6087. Truman Capote — *La guitare de diamants* et autres nouvelles
6088. Collectif — *L'art d'aimer. Les plus belles nuits d'amour de la littérature*
6089. Jean-Philippe Jaworski — *Comment Blandin fut perdu* précédé de *Montefellóne. Deux récits du Vieux Royaume*
6090. D.A.F. de Sade — *L'Heureuse Feinte* et autres contes étranges
6091. Voltaire — *Le taureau blanc* et autres contes
6111. Mary Wollstonecraft — *Défense des droits des femmes* (extraits)
6160. Théophile Gautier — *La Mille et Deuxième Nuit* et autres contes

6161. Roald Dahl — *À moi la vengeance S.A.R.L.* suivi de *Madame Bixby et le manteau du Colonel*
6162. Scholastique Mukasonga — *La vache du roi Musinga* et autres nouvelles rwandaises
6163. Mark Twain — *À quoi rêvent les garçons. Un apprenti pilote sur le Mississippi*
6178. Oscar Wilde — *Le Pêcheur et son Âme* et autres contes
6179. Nathacha Appanah — *Petit éloge des fantômes*
6180. Arthur Conan Doyle — *La maison vide* précédé du *Dernier problème. Deux aventures de Sherlock Holmes*
6181. Sylvain Tesson — *Le téléphérique* et autres nouvelles
6182. Léon Tolstoï — *Le cheval* suivi d'*Albert*
6184. Stefan Zweig — *Était-ce lui ?* précédé d'*Un homme qu'on n'oublie pas*
6210. Collectif — *Paris sera toujours une fête. Les plus grands auteurs célèbrent notre capitale*
6211. André Malraux — *Malraux face aux jeunes. Mai 68, avant, après. Entretiens inédits*
6241. Anton Tchékhov — *Les méfaits du tabac* et autres pièces en un acte
6242. Marcel Proust — *Journées de lecture*
6243. Franz Kafka — *Le Verdict – À la colonie pénitentiaire*
6245. Joseph Conrad — *L'associé*
6246. Jules Barbey d'Aurevilly — *La Vengeance d'une femme* précédé du *Dessous de cartes d'une partie de whist*
6285. Jules Michelet — *Jeanne d'Arc*
6286. Collectif — *Les écrivains engagent le débat. De Mirabeau à Malraux, 12 discours d'hommes de lettres à l'Assemblée nationale*
6319. Emmanuel Bove — *Bécon-les-Bruyères* suivi du *Retour de l'enfant*
6320. Dashiell Hammett — *Tulip*
6321. Stendhal — *L'abbesse de Castro*

6322. Marie-Catherine Hecquet	*Histoire d'une jeune fille sauvage trouvée dans les bois à l'âge de dix ans*
6323. Gustave Flaubert	*Le Dictionnaire des idées reçues*
6358. Sébastien Raizer	*Petit éloge du zen*
6359. Pef	*Petit éloge de lecteurs*
6360. Marcel Aymé	*Traversée de Paris*
6361. Virginia Woolf	*En compagnie de Mrs Dalloway*
6362. Fédor Dostoïevski	*Un petit héros*
6395. Truman Capote	*New York, Haïti, Tanger* et autres lieux
6396. Jim Harrison	*La fille du fermier*
6412. Léon-Paul Fargue	*Mon quartier* et autres lieux parisiens
6413. Washington Irving	*La Légende de Sleepy Hollow*
6414. Henry James	*Le Motif dans le tapis*
6415. Marivaux	*Arlequin poli par l'amour* et autres pièces en un acte
6417. Vivant Denon	*Point de lendemain*
6418. Stefan Zweig	*Brûlant secret*
6459. Simone de Beauvoir	*L'âge de discrétion*
6460. Charles Dickens	*À lire au crépuscule* et autres histoires de fantômes
6493. Jean-Jacques Rousseau	*Lettres sur la botanique*
6494. Giovanni Verga	*La Louve* et autres récits de Sicile
6495. Raymond Chandler	*Déniche la fille*
6496. Jack London	*Une femme de cran* et autres nouvelles
6528. Michel Déon	*Un citron de Limone* suivi d'*Oublie...*
6530. François Garde	*Petit éloge de l'outre-mer*
6531. Didier Pourquery	*Petit éloge du jazz*
6532. Patti Smith	*« Rien que des gamins »*
6546. Barack Obama	*Discours choisis*
6563. Jean Giono	*Refus d'obéissance*
6564. Ivan Tourguéniev	*Les Eaux tranquilles*
6566. Collectif	*Déclaration universelle des droits de l'homme*
6567. Collectif	*Bonne année ! 10 réveillons littéraires*
6579. Honoré de Balzac	*La Vendetta*
6580. Antoine Bello	*Manikin 100*
6581. Ian McEwan	*Mon roman pourpre aux pages parfumées* et autres nouvelles

6582. Irène Némirovsky	*Film parlé*
6618. Chimamanda Ngozi Adichie	*Le tremblement* précédé de *Lundi de la semaine dernière*
6619. Elsa Triolet	*Le destin personnel* suivi de *La belle épicière*
6650. Collectif	*Tous végétariens ! D'Ovide à Ginsberg, petit précis de littérature végétarienne*
6651. Hans Fallada	*Voyous, truands et autres voleurs*
6652. Marina Tsvétaïéva	*La tempête de neige – Une aventure. 2 pièces romantiques*
6653. Émile Zola	*Le Paradis des chats* et autres textes
6693. Corinne Atlan	*Petit éloge des brumes*
6694. Ludmila Oulitskaïa	*La soupe d'orge perlé* et autres nouvelles
6695. Stefan Zweig	*Les Deux Sœurs* précédé d'*Une histoire au crépuscule*
6727. Marcel Proust	*Vacances de Pâques* et autres chroniques
6728. Jane Austen	*Amour et amitié*
6742. Marguerite Yourcenar	*Les Songes et les Sorts*
6743. Les sœurs Brontë	*Autolouange* et autres poèmes
6744. F. Scott Fitzgerald	*Le diamant gros comme le Ritz*
6745. Nicolas Gogol	*2 nouvelles de Pétersbourg*
6746. Eugène Dabit	*Fauteuils réservés* et autres contes
6778. Annie Ernaux	*Hôtel Casanova* et autres textes brefs
6779. Victor Hugo	*Les Fleurs*
6798. Chimamanda Ngozi Adichie	*Nous sommes tous des féministes* suivi du *Danger de l'histoire unique*
6812. Ray Bradbury	*La fusée* et autres nouvelles
6813. Albert Cossery	*Les affamés ne rêvent que de pain* précédé de *Danger de la fantaisie*
6814. Georges Rodenbach	*Bruges-la-Morte*
6863. Zéno Bianu	*Petit éloge du bleu*
6876. Kazuo Ishiguro	*2 nouvelles musicales*
6888. Ovide	*Pénélope à Ulysse* et autres lettres d'amour de grandes héroïnes antiques

6889. Louis Pergaud	*La tragique aventure de Goupil* et autres contes animaliers
6890. Rainer Maria Rilke	*Notes sur la mélodie des choses* et autres textes
6917. Charles Baudelaire	*De l'essence du rire* et autres textes
6918. Marguerite Duras	*Madame Dodin*
6919. Madame de Genlis	*Mademoiselle de Clermont*
6945. Cesare Pavese	*La plage*
6946. Rabindranath Tagore	*À quatre voix*
6983. Jean-Pierre Siméon	*Petit éloge de la poésie*
6985. Belinda Cannone	*Petit éloge de l'embrassement*
7011. Collectif	*Écrire Marseille. 15 grands auteurs célèbrent la cité phocéenne*
7012. Fédor Dostoïevski	*Les Nuits blanches*
7026. George Orwell	*Pourquoi j'écris* et autres textes politiques
7027. Ivan Tourguéniev	*Le Journal d'un homme de trop*
7057. Nicolas de Condorcet	*Conseils à sa fille* et autres textes
7058. Jack Kerouac	*La grande traversée de l'Ouest en bus* et autres textes beat
7059. Albert Camus	« *Cher Monsieur Germain,...* » Lettres et extraits
7086. Federico García Lorca	*Aube d'été* et autres impressions et paysages
7087. Franz Kafka	*Blumfeld, un célibataire plus très jeune* et autres textes
7088. Georges Navel	*En faisant les foins* et autres travaux
7089. Robert Louis Stevenson	*Voyage avec un âne dans les Cévennes*
7124. Pef	*Petit éloge de l'aéroplane*
7125. Grégoire Polet	*Petit éloge de la Belgique*
7141. Louis Guilloux	*O.K., Joe !*
7142. Virginia Woolf	*Flush*
7174. Karen Blixen	*Ehrengarde*
7175. Paul Éluard	*L'amour la poésie*
7176. Franz Kafka	*Lettre au père*
7177. Jules Verne	*Le Rayon vert*